…자

그래,
그래
잘 자~

오빠 잘 자~

마히로
타임

지금부터가
즐거운
시간이다!

먼저
어떤 장르부터
볼까──

오늘밤엔
밀린
애니라도
볼까.

흡입력 있는
서스펜스

살짝 야시시한
러브 코미디

상쾌한
배틀 판타지

오빠는 끝!

ONIICHAN HA OSHIMAI! 7 / PRESENTED BY NEKOTOFU

목차

PRESENTED BY NEKOTOFU
ONIICHAN HA OSHIMAI! 7

특별편	마히로와 애니 타임	001
제61화	마히로와 여름 축제	005
제62화	마히로와 2학기 데뷔	021
제62.5화	네무와 여름방학	035
제63화	마히로와 집에서 비 피하기	037
제63.5화	모미지와 팬티	051
제64화	마히로와 건강 다이어트	055
제65화	마히로와 매혹의 학교 축제(전편)	069
제66화	마히로와 매혹의 학교 축제(후편)	085
제66.5화	남자와 교대 시간	099
제67화	마히로와 남자의 긍지	103
제68화	마히로와 취미의 세계	117
제69화	마히로와 청춘 운동회	131
제69.5화	마히로와 멋진 모습	146
제70화	마히로와 가을 행락	151
덤 (단행본 오리지널!)	마히로와 코스프레 이야기	165
	작가 후기	170

제61화

후반은 가을방학이라는 기분이지만.

한 달 더 남았지?

대학생은 좋겠다

여름방학도 다 끝나가네…

시무룩!

뭐~ 바다씩이나 갔잖아?

뭔가 여름다운 걸 더 하고 싶었는데.

살자~

8월 29일 (토)

불꽃놀이 보러 가자~!

…흐음.

당동

여름 다운 거…

제61화 마히로와 여름 축제

여기야~!

근데…
모미지네는…

YUKATA

귀엽다~

뭐…
이렇게
되는 거지.

기다렸지~

…응?

아마
다른 애들도
근처에…

아하하…

또
사복이야~?

?

남자거…

이쪽도
예상대로.

아사힌데.

…누구?!

뭔가
신선하다~

꺄
ㅡ
아

좋네,
귀엽잖아.

이건 엄마가
입고 가라고…

혼자 따로
놀뻔했네…

후
ㅡ

나도
입고 오길
잘 했다~

아~ 다들
유카타다!

아냐… 괜찮아…

죄죄죄죄 죄송해요!!

…앗!!

와~!

와ー

노점 돌러 가자~!!

자ー 그럼 다들 모였으니…

祭

꽈다ー앙

으아, 아사히!!

으헉

응아?!

삐끗

정말~ 괜찮아?

역시 유카타는 불편해…

아사히가 덜렁대서 그래.

쓰담쓰담

!

자, 보폭을 작게, 천천히!

………
……

…헤헤헤!

으아~
미요, 컴백!!

미요~~요!!!

아···
무리···♥

타코야키!

야키소바!

일단
뭐 좀 먹자.

두두두
두두
두둥
두둥

정말?

빙수 시럽 맛은
다 똑같대요.

난 빙수~

무슨 맛으로
할까?

레몬 딸기 멜론 하와

11

아사히가
비교해볼게!

그럼
실험해보자.

뭐~
말도안돼~

색이랑
향료 때문에
착각하는
거예요.

응아~~

냄새 맡으면 안 돼.
숨 참고~

범죄 같다…!

사람 잘못
골랐네…

…맛있어!

…으음~

어땠어?

하지 마, 후회할 거야.

좋은 거 뽑아야지~

축제라면 역시 뽑기!

와, 좋겠다!

띠 용 띠용...

내가 뭐랬어.

진정해.

둘이서만 쏙?!

엄마!!

불꽃놀이 자리 잡으러 갔어요.

...근데 미하리네는?

줄게.

─불꽃놀이
시간 다 됐네.

왔다~!
여기야 여기!

미하리네랑
합류하자.

Pi

근처에서
빌려주더라고.

카에데가
억지로…

좋은 자리
잡아놨어~

어머,
유카타!

흘끗…

피유우우우~~~…!

뭐…
나름대로−

!!

…어때?

어…웅,
그래!

정말
예쁘다~

대단해…

와~~!

내년에도 다 같이 와서 보자.

타마야——

그래···

사이 좋구나.

뭐~ 너무해!

···옷이 날개네!

불꽃 소리 때문에 못 들었어.

-그래서 유카타 감상은?

…아사히는 여전히 힘이 넘치네…

추우~욱…

안녕~!

건전해!!

눈부셔

번쩍~

학교 오랜만이라 신나!

제발 그만해!!

개학하면 시험도 있는데…

시들… 시들…

뜨끔…

숙제는 다 했어?

제62화 마히로와 2학기 데뷔

살도 탔고!

웬일이야 네무?!

before

ZZZ...

짜자잔

연애나 여행 같은…

한 여름의 경험이지!

아~ 여름방학 데뷔?

개학하면 분위기 달라지는 애들이 있지.

솔른…

연애 하니까 쟤네 둘…

응~?

마히로 아저씨 같아.

애들은 빨리 크는구나…

응

응

시푸

시푸

오오,
이거이거…

어머~
어머어머!

…분위기
괜찮아 보이지
않아?

어이쿠,
이거…?

24

불꽃 놀이 뒤에 대체 무슨 …!

이쪽도 데뷔!

YO!

…?!

나유, 꽤 장난꾸러기구나…

안심…

짜자———안

…신학기 조크였어요.

왜~ 진짜 좋은데?

!

어울리는 사람이 있으려나.

와하하 안경 웃긴다!

트로피컬한 느낌이고☆

우와~ 잘 어울린다!

선생님한테 들키지 말고.

미야코

음~ 역시 화려한 애들이야.

약간 어른 같아요.

…저도 어른의 동작을 배울래요!

으아, 이상한 스위치 켜졌다.

그런데…

꼼 꼼

꺄 꺄

미야코…
그 팔찌 좋다!

아,
이거~?

마이

이힛!

……!

얼마전에
파파가 사줬다~

넌 어땠는데
염원하던
첫 체험!

아~
그거!

너도 참
좋아한다…

원조교제?!

그거 설마…

27

그거 진짜
좋았어~

나도
모르게 소리도
나왔고♥

···좀 아팠지만

황홀···

뭐어어?!

교실에서
무슨 얘길
하는 거야···!

···뭐?!

좋겠다~
나도 하고
싶다···

자···
잠깐만!!

여름방학에
분발했지!
우리한텐
좀 이를 수도
있지만~

마···
마사지?

마사지
얘긴데···
왜?

그… 그게 말이야~

웅얼 웅얼

슬금~~~

근데… 무슨 얘기라고 생각했어?

…헉!!

?

…!!

오야마 너무 야해…

실례했 습니다!!

오… 오야마 너무 야해…!

... 남자들~?

끄덕 끄덕 끄덕

어른의 대화는
어려워요…

야함

사실은
나도…

끄악…!

역 앞에서
파르페 먹자~

어디 들렀다
갈까?

개학날은
단축 수업이라
다행이다~

딩―동
댕―동
동…

역시
원조교제
였어~!

쿠ー웅..

아…
저기…
그…!

하으으으…

아…

…아.

ー진짜
파파!

우리 애랑
잘 지내주렴…

오…
친구니?

!!!

아…
우리 파파.

오늘은 파파도 일찍 끝나서 지금부터 둘이 쇼핑 간다~

에헤~

헤에~ 사이 좋구나!

아빠랑 친하구나.

으… 또 끔찍한 오해를…

푸근…

오, 그럼 말이야… 오늘 저녁은 내가 할게. 뭐 먹을까?

괜찮아

미안해

마히로 반성…

뭐야 엄청 착한 애잖아!!

그러고 보니까 미야코네 부녀가정 이라고 하던데.

으앙—

여름방학
어느날

¥

우훗—

스탠드 해먹
¥5,880

스으…

?

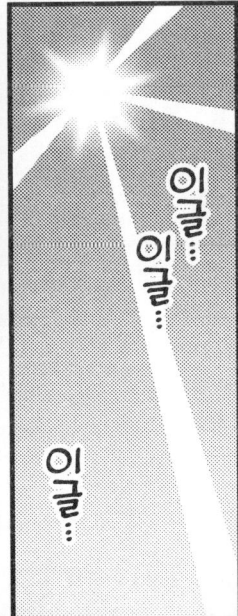

이글…
이글…

이글…

ONIICHAN HA OSHIMAI!

오빠는 끝!

제63화

…어라?

우ㄹ니 ㄱㄹㄴ엉…

…그래서 선생님이~

그래~

그럼 내일 봐~

두둑

두둑

두둑

정말, 쏟아질 것 같다…

갑자기 먹구름이 꼈네

빨리 지붕 있는 데…

또 이 패턴 이야?!

쏴아

까악, 소나기!

37

그러게, 다 젖었어~

후... 이게 뭐야...

쏴아

에치

음~ 그러게...

금방 그치면 좋을 텐데.

!

남자라면 벗어서 말렸을 텐데...

와, 괜찮아?

부들...

...기다리다가 감기 걸리겠다.

꺄-!!

그건 마히로도 마찬가지야~

!

모, 모미지
바보는데…

흠뻑…

…그렇다면
어쩔 수 없지.

여자들은
힘들구나…

우리집이
여기서
가까우니까

모미지도
들렀다 가.

음~
그럴까…

큰맘먹고
맞으면서
가자!

뭐~?

일단 목욕부터 하자~

우와, 흠뻑 젖었네…

…다녀왔습니다~

실례합니다~!

으에, 속옷까지 다 젖었어!

뭐야… 미하리는 이럴 때 집에 없네.

으아아아?!

영차…

훌렁

그렇게~

세탁기 쓸래? 건조도 되는데.

어차피 같이 목욕할 거잖아~

이힝

!!

어~ 왜?

갑자기 벗으면 어떻게 해!

으아~ 이건 안 되는 안건이야!!

자, 마히로도 빨리 벗어!

후...

하긴... 그럼 춥겠네...

아직 욕조에 물도 안 받았잖아...

정말 방심하면
안 되겠다…

후—!…

그럼
나 먼저
씻을게

금방 씻고
나올 테니까.

아냐,
천천히 해~

아,
맞다.

입을 옷도
준비해줘야지.

…그렇다면!

으—음…

지금 내 옷은
싫어하려나

근데 모미지는
귀여운 옷
안 좋아하니까

타박

타박

43

뭔가 좋다…!

이거 오빠 옷이야 …?

─나 다 씻었어~

헐렁~

안 입은 거라 편하게 입어도 돼.

으…응 오빠 거!

아니… 아무것도…!

…왜?

그냥… 그…

아냐, 괜찮아.

아… 싫어?!

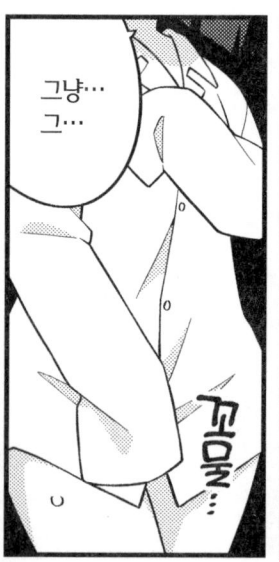

꾹…

44

그럼
이따 봐~

오!
고마워.

마히로도
이제 씻어!

지금쯤
물 찼을
테니까.

속옷도
준비해주면
좋잖아…

후우…

뭐야…

NO PANTS

안절
부절

깜빡했다!

…언니!

옷이
왜 그래?

어?
모미지
왔네…

찰
칵

다녀
왔어요~

뭐—?!

팬티 빌려
주세요!!

두웅

호이···
개운하다···

땀끈
땀끈

드끅

참방——···

아니
뭐, 좀···

소근···

무슨 일
있었어?

정말이지
오빠는···

········

어, 미하리
언제 왔어.

아~
그랬어.

모미지,
목욕물 너무
뜨거웠어.

으아~
그나저나
너무 덥다…

와,
날개 없는
선풍기네!

슈우우우웅…

선풍기,
선풍기…

한 번
보여줘!

바람도
되게 세다.

삑

그치~
궁금하지.

어떤
구조려나.

모미지와 팬티

뭐든 좋으니까…!

뒤적 뒤적

팬티라…

패… 팬티?

아니, 무리야!

………

ONIMA

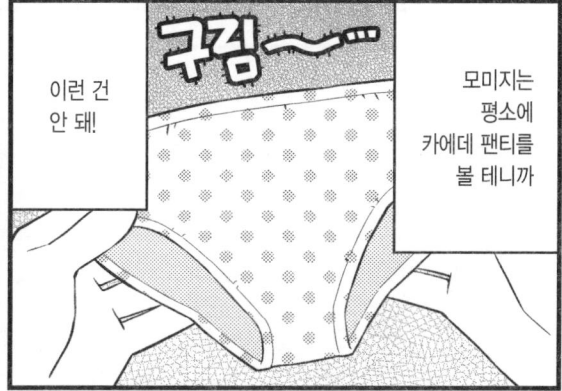

이런 건 안 돼!

구김~…

모미지는 평소에 카에데 팬티를 볼 테니까

언니… 의외로!

승부…!!

와~

이… 이거라도 좋다면~!

응… 왠지
미안하네…

다녀
왔습니다~

—팬티는 빨아서
돌려드릴게요…

빨거면
이거도…

아,
모미지~

…바로
빨아야지.

…!!

헉

스즉…

ONIICHAN HA OSHIMAI!

오빠는 끝!

뭐야~ 바로 눕지 마.

흐이~ 배부르다…

잘먹었습니다~♪

여자애한테 무슨 소리야!

벌떡

요즘 좀 찌지 않았어?

………

슥…

목욕하자

정말이지, 무례하게…

쿵 쿵 쿵

제64화 마히로와 건강 다이어트

PLANK

그건 좀
그렇고.

가장
간단한 건
식사 제한
인데…

그놈의
운동!!

헉ー

그렇다면
역시 운동이네!

뭐
건강에도
안 좋을
테니까.

왜~~?

미하리랑
하는 건
왠지 싫어.

………

헛둘
헛둘

오랜만에
뛸까?!

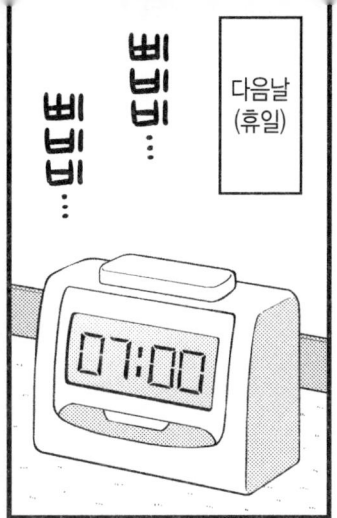

다음날 (휴일)

삐빕…
삐빕…

…좋았어. 오랜만에 해볼까!

…벌떡

울지 마, 울지 말라고!!

오빠가 쉬는 날 알아서 일어났어~

으엥——…

데자뷔…

산책 열심히 해~!

딱
딱

호~ 그렇다면 쉽겠네.

걷기만 해도 효과 있으니까.

쉬는 날 아침부터 산책이라니…

정말이지… 이몸이 말이야

세로토닌 덕분이야!

왠지 자기긍정감이 샘솟아…

근데 의외로 기분이 좋네.

…어라?

…일찍 일어나는 새가 어쩌구라고 하던데…

헉 헉 헉

GO GO!

SWEAT

이런…
너무 힘들었나?

뾰옹——…

…더는 무리.

자,
아이스크림
같이 먹자!

오,
아이스!!

덬덬
덬덬

그럼
열심히 했으니
상으로…

으히~
뜨거워진 몸에
스민다…

쪽——…

근데—

나 때문에
무리한 것
같으니까.

역시
카에데야!

딱

아~
괜찮아!

다이어트 면에서…

이거 먹으면
뛴 의미가
없는 게…

예~

하지만
과식은
금물이야.

헤~

쿨다운도
되고!

적절한 당분은
피로 회복에
좋대

음~
좀 더
쉬다 갈래.

마히로는?

그럼…
난 이제
갈 건데…

바이바────이♥

몸
차가워지지
않게
조심하고~

…후우.

벌렁

…뭔가
기분 좋게
피곤하네…

가끔은
이런 것도
좋네…

자택 경비원이
할 소리는
아니지만

효에~
뭐야뭐야
…?

마히롱
확보~!

?!

아니, 오늘은 완전히 지쳐서…

마침 사람이 필요했어요.

뭔지 모르겠지만 살려줘~!!

원수는 외나무 다리에서 만난다더니…

살려줘~…!

그러지 말고 같이 놀자~!

꺅~?!

홀쭉…

나… 왔어…

힝—!

폴짝 폴짝

ONIICHAN HA OSHIMAII
오빠는 끝!

제65화

아니거든!!

화장실 급하면 빨리 갔다와

안
전
부
절...

축제…

모든 것이 그립구나…

그래서 그랬구나.

오늘 종례 때 뭐 할지 정할 거예요.

왜, 이번 달에 축제 있잖아.

초등 학교랑은 다르다고~!

후….

헤… 헤에 기대된다~

아, 그렇구나!

마히롱은 중학교 축제 처음이지.

응?

제65화 마히로와 매혹의 학교 축제(전편)

—그럼
투표 결과…

후보
· 오락실 下
· 밀로 下
· 연극 下
· 도깨비집 ㅍ
· 카페 ㅍㅍ

와
…!

카페를
하는 걸로
결정됐습니다!

반장

저요
저요~!

고양이
카페!

동물은
힘들어.

무슨 카페?

보통 카페면
재미 없지.

메이드 카페 어때~

좋네, 코스프레!

메이드복 입어보고 싶어

움찔

시끌 시끌

아… 근데 선생님이 복장에 엄격 하니까…

....

축제라면 괜찮아요.

좋았어 결정~!

박수

좋아요

....

그렇구나…

…마히로도 입어야 하거든요?

이거 눈요기가 되겠는데.

호홍~ 메이드라

좋다…

명엉!

초능력자냐!

징그러~

뭐야 남자들…?

아냐… 그거보단—

음… 집사 어때?

맞아

근데… 남자들 의상은 어쩌지?

뭐—?!

쿠웅

아~ 재미있겠다!

남자도 전부 메이드복!

그럼 공평하게…

Boo! Boo!

다수결을 요구한다!!

크앙!

횡포다!

미안해, 같이 죽자…!

찬성

…우리반 여자가 더 많았지.

찬성하는 사람—

-그럼 역할별로 팀을 짜고

내일부터 각자 작업을 하겠습니다.

예—!

미요는 대단하네.

옷은 처음이니까 공부도 될 것 같아

몸이 근질거린다.

미요는 의상팀이네.

-이렇게 축제 준비가 시작됐다.

이놈.

정말 대단해!

요리 팀이랑 고민했지만.

예산배분
식재료
의상
인테리어

MENU

그렇게
시간은
흘러—

…의상
다 됐다고?

와,
고생했어!

제때 나와서
다행이야.

좋겠다~
나도 볼래!

그렇게
부탁하면…

마히로도
입어볼래?

빈 교실에서
입어볼 건데

으…

드ZZZ즉

…오!!

아~
남자들 것도
있으니까.

돌려
입을 거라,
사이즈가
좀 불안해…

최종 확인
이구나.

사용중

하지마아…

?

?

흐냐…

흐에?

덥썩

알아…! 안다고 그 기분!

마히로는 지금껏 없던 공감을 맛봤다.

삐기—링

지마!

어디, 시범을 보여주지.

숙

…?

으응…

마음 단단히 먹어.

괜찮아, 의외로 금세 익숙해 지니까

?

오야마 오늘…

왠지 사나이다워…

찌잉…♡

미요는 혼란에 빠졌다

이것도 백합인가…?

우, 우리가 대체…?!

헉!

저기… 남자들…?

돌아봐, 돌아봐!

마히로도 귀엽다~!

꺄아 꺄아♡

ONIICHAN HA OSHIMAI!

오빠는 끝!

제66화

두근두근 해요.

드디어 시작이네.

예~!

다같이 협력해서 무사히 성공시키자!

오늘까지 준비하느라 고생 많았어.

내가 잘 챙길게…

오픈 팀

당번 시간 잊지 말고…

뿌~~

좋았어, 바로 놀러가자!

휘청~

제66화 마히로와 매혹의 학교 축제(후편)

와아~!

웅성

웅성

점

뭐가 있는지
다 조사해
놨으니까…!

빠안

일단
진정해…

헉

헉

어디 갈까,
뭐 볼까?!

엄청
바쁘겠네…

에휴…

어…
저기…!

효율 좋게
보려면—

모미지도
의욕이
넘치네!

만담

당번 말이지~

당번 없는 건 좋았지만.

아~ 재미 없는 거네.

연구 발표 전시였어.

…1학년 때는 반에서 뭐 했어?

좋은~…

나중에 좋은 데 말해주자

미요네도 구경하고 싶어했는데

그래봤자 중학생 수준 이니까…

싫어, 싫어 반대~!

!!

도깨비집

그럼 우리가 잘 봐둬야지!

접수

으아,
미안해~

....

뭐야
아사히!

왁

꺄악
—!!

오야마네가
늦네.

슬슬 교대할
시간이네요.

2-B

메이드카페

묻지
말아줘…

때―앵…

…왜
체육복?

다행이다,
걱정했잖아.

미안…
우리 왔어~

준비 완료~!

까아~ 잘 어울려~!

파자——안

…어라?

까야 까야

봐, 바로 환호성이—

뭐야 귀엽다~

에~ 그러려나…

응, 인기 좋겠다.

모미지도 예쁘네!

너무
쳐다보지마…

어…
야, 잠깐!

왁자

지껄

의문의
대항심

내가 저런
신참한테…!

질투…

…으윽?!

…남자한테
졌는데.

방긋

손님
들어가~

아, 응~!

……?

으윽!

경험 차이를
보여주겠어…!

나도
선배로서
체면이
있지

주인님~❤

다녀 오셨습니까

빵

굿

......

지금 그건 잊어줘…

미안해, 잠깐 보러만 온 거야…

끄아아아아…

꺄윽-!!

낼게, 돈낼게~

촬영은 유료입니다!

이쪽도 귀엽다!!

엄머!

아, 언니랑 박사님!

훌륭해졌어…

아하하, 우리가 방해했네.

훅…

아, 미안해!

얘기 그만하고 도와줘~

큰 문제 없이 시간은 흘러갔고―

조마 조마…

이렇게 익숙치 않은 접객에 고전하면서도

아사히는 재미있었어.

와, 이제야 해방이다.

예~!

…교대 할게요~!

고마워…

조용…

아… 응.

턱

…너희도 잘 했어!

！

아… 응, 그래!

빨리 교대하고 미요네랑 놀러가자~

어라… 남자들…?

멍~…

축제를
만끽했네…!

…어쨌거나

……

예——에!

앞으로
이 경험을
잘 살려
보세요.

카페 평가
좋더라고.

…다들
수고했어!

오빠~~……

남일
같지가
않아…

우후후…

평안
하신지요…

한동안
남자애들이
좀 이상해
졌다

제66.5화

남자와 교대 시간

그럴 상황이 아니었네…

쿠──웅…

오야마랑 같은 팀이라 잘 됐다 싶었는데…

………

………

스태프 공간

야… 정신 차려!!

근데… 좀 아쉬운 것도 같고…

응…

꾸물 꾸물

빨리 갈아입고 잊어버리자…

샥

자… 나도 갈아입자…

출입금지

…까앙?!

까 짝

남자… 맞지?

…근데 쟤들

샤악!

으악, 미안해!!

나… 남자드을…

조마 조마…

내가… 내가~

나도 모르게 이상한 소리가…

ONIICHAN HA OSHIMAI!

오빠는 끝!

제67화

뭐…
가끔은
좋지.

둘이
외출하는 거
오랜만이다~

갈
각

여자들은
왜 그짓을
하는 거야.

그 쓸데없이
피곤한거?

오늘은
어디
갈 거야?

그냥
백화점
구경이나
하려고.

NEON

애 맞네…

최소한
게임은
사줘야지.

애냐!

그러지 말고,
과자 사줄
테니까…

제67화 마히로와 남자의 긍지

뭐야~
귀엽다~

저기저기,
어떤 애가
좋을까.

흐에?

뭐 하는
가게야…

SHOP

전문점이
생겼구나~~

하아…

정말이지,
뭘 모른다
니까…

뭐?

움찔

?

…전부
똑같잖아?

봉제 인형은 같은 제품이라도 봉제 오차로 미묘한 차이가 발생해

그래서 나한테 가장 귀여운 애를 엄선하는 게 진짜 재미라고!

헤… 헤헤~

오싹…

번쩍

갑자기 큰 짐이 생겼네…

에헤헤~ 분발했다!

…감사합니다~

오빠…!

짐 드는 건 남자가 할 일 이잖아!

어~ 미안한데.

자, 오빠가 들어줄게.

타박
타박···

커다란 인형
안은 게 귀엽다~

···재 봤어?

······

소곤
소곤

생김새
때문에
뭘 해도
동생이야···!

오랜만에
오빠 노릇
해봤는데···

깍,
너무해!!

확!
액!

에라이!

107

아직 잊지 않았구나…

괜찮니…

난 오빠의 위엄을 되찾겠어!!

일단 겉모습부터 시작해야지!

SALE

…근데 왜 옷가게에?

2F 여성복

좀 껄렁한 느낌으로…!

반대도 가능하겠지!

남자도 귀여운 옷을 입으면 여자처럼 되니까…

펑크

모드

Yo!

스트리트

다음엔
이 가게!

하는 게
여자애야…

전부
귀엽다~

귀여우면
안 된다고!!

이제
그 기분을
알겠지.

오빠
따라다니다
내가 치졌네.

후우…

남자라면
블랙이지!

STAR CAF

난 프라페…
가 아니라!

오빠는
뭘로
할래?

잠깐 쉬자

………

쪽──!…

하아,
살 것
같다…

여기있어~

110

오빠의 위엄은 어디갔어…

바꾸고 싶다.

아으 써…

으—…!

치토세 선배!

이런 데서 만나네.

…어라?

청악

!

그쪽도 오빠랑 데이트야?

오늘은 언니랑 같이 나왔어요.

오, 나유땅도 왔네?

마히로는
자존감이
상승했다

오빠…!

파아앗

덕분에
마음이
편하네…

그러고 보니
이 사람도
나에 대해
알고 있지.

뭐예요~

오우,
오락실!

나유가
처음이래.

위층에
게임이
있어요.

뭐…
어디 가게?

마히로도
같이 가요.

………

GO
GO이
이
!
!

인생 선배가
가르쳐주지.

그럼
나한테
맡기라고.

파안

감사?

마히로 군 한테는 감사해야 겠네.

…그건 그렇고

정말 흥미로워.

성별보다 정신연령이 수상하네…

아, 그런…

또래한테 낯을 가리는 애거든.

나유한테 친구를 만들어줘서…

…후훗.

이렇게 챙겨주는 걸 보면

역시 오빠가 맞네…

미하리…

오빠 왜 그래?

흐으윽…

…으

떠컥 떠컥…

오빠의 위엄은 무너졌다

지… 진정해…

나유땅보다 피지컬이 약하다니…

훌쩍 훌쩍

완전히 박살났어…

2P WIN!!

쿠ー웅…

ONIICHAN HA OSHIMAI!

오빠는 끝!

이…

이건
설마…

웅성

웅성

웅성

동인지
판매회
…?!

쿠————웅

뭐야~
나라고!!

…누구?

미용!

처음이라
혼자 오기가
무섭더라고…

갑자기
불러서
미안해.

117

제68화 마히로와 취미의 세계

와보는 건 처음 이지만…

일단 어떤 건지는 알아~

마히로라면 잘 알 것 같아서.

미요 너 정말 좋아하는 구나…

…백합계 작품 온리 이벤트래!

한 번 와보고 싶었거든.

Lily GARDEN 39

※특정 장르 한정 동인지 판매회

오오~!

웅성

웅성

여기선 뛰면 안 돼!

자, 빨리 구경 하자~!

미요—웅!

여기 있는 게 전부 백합…!

꽤 많이 샀네…

사람들 열기에 익을 것 같아…

…후우

묵 틱

응…?

…어라? 저기 봐봐!

오, 그런 거 괜찮네.

뿅

나도 뭔가 써볼까.

망상을 형태로 만들다니 대단해…

…우와
프니큐러!

정말
본격적이다~!

찬성~

온 김에
구경하자!

헤에~
그런 것도
있구나.

저쪽은
코스프레
구역 같아.

카탈로그

찰칵

찰칵

찰칵

!?

와ㅡ

어떻게 보면
나도 비슷
하니까…

왠지
알 것도
같아.

다른 사람이
되는 해방감…

…다들
즐거워
보여!

반짝☆

실끌 실끌

…앗
저건!

저… 저기
저도 사진…

예,
그러세요
근데…
~

마법 함대
러브☆마스터의
사야 씨…!!

※마히로가
좋아하는
애니

오야마랑… 무로사키?!

어째서 이런 데…

마리 선생님

아~

후…

당연하지, 인기 애니메이션 캐릭터니까!

히익!

덥석ー

어라…? 어디서 본 것 같은데…

그러면 거절하기도 그러니까…

들키진 않은 거지 …?

빙글 빙글…

아… 예!

저… 저기, 그럼 포즈…

응, 응!

코스프레도 봤으니까.

나야말로 고마워.

…오늘 같이 와줘서 고마워~

히엑…

뿌드득

의상은 내가 만들게!

마히로도 한 번 해볼래…?

그건 무리야~!

꺄아 꺄아

미요도 같이 입으면 할게♥

묘하게 크리에이티브 하다니까…

봤더니 창작 의욕이 샘솟더라고!

일요일에
둘이서
놀았어?!

뭐—

미안해~

흥

흥

사진
보여줄게
진정해…

치사해,
나도 불렀어
야지!

얘들아
조례 시작
한다.

모미지
너도?

이 사람은
어디서 본 것
같은데…?

헤에~
애니메이션은
잘 모르지만

봐,
러브☆마스의
사야 씨!

·····어?

!!!

쇼곤···

러브☆마스 라고 아세요···?

뭐, 뭔가요 오야마 양···

꺅!

스윽···

저기··· 선생님···

마히로는 쓸데없는 비밀을 알아버렸다

······

비밀로 해줘···

ONIICHAN HA OSHIMAII

오빠는 끝!

제69화

운동회 다~!

빠바ーー암!

팡

팡

어머나~

오늘은 저 콤비가 주인공이네.

그래~!

우승해야지!

?!

번쩍

2인삼각은 누구랑?!

뛰는 건 거의 다 나가!

근데 아사히 선수 참가 종목은?

영차

영차

제 69화 마히로와 청춘 운동회

공이랑 봉…

이해해~
나도
공 던지기.

**방해만 돼도
눈에
안 띄니까…**

공 던지기랑
봉 넘어
뜨리기~

마히로는
이제 뭐뭐
나가?

요즘은
안 하는
학교도
많대.

뭐~
여자들도
그래?

다치지
않게
조심
하세요.

봉 넘어
뜨리기는
위험해요

그렇구나…

꺄~

여자애들이
뒤엉키는
모습이…♥

후…

바이올런스
미요?!

히엑…

난 아주
좋아하지만…

와 와

조마
조마

음 음

끄에에~!

꾸욱~

배가 고프면 못 싸워…

아사히는 많이 바쁘니까.

도시락 두 개야?

…점심 시간~!

난 이제 하는 거 없으니까 오후에는 열심히 응원할게!

적당히 먹는 게…

많이 먹고 열심히 해야지.

으헤에 뭔데~?!

잠깐 빌려갈게~

……?

그럼 이리 와봐!

어? 응…

오야마 오후에 뭐 없어?

남자 기마전
시작한다!

어디
간 거지…

마히로…
그렇게 가서
안 오네.

오후
경기

웅성…

웅성…

그런가…

기마전은
운동회의 꽃…
살아남은 자만이
인기 끈다!!

부릅

처억

와 와

가자!

타-앙

그래!!

영一차!

치어가 나오면서 여자들도 힘이 났다…

에라 모르겠다!

쪼심…

—그럼 이제 마지막 종목…

팀 이어 달리기 입니다!

또 먹어?!

상품으로 빵받았다~

우물

우물

아, 저기!

그러고 보니 안 보이네.

게다가 마지막엔 아사히잖아.

재미있고 좋네.

결국 여기서 이기는 팀이 우승이네.

?!

너무 먹었어요.

배가 아파···

으··· 아으···

어디 다쳤어?!

왜 그래 아사히!

이걸... 모미지한테...

아사히는 여기까지야...

슥...

아사히...

띠―잉

주... 죽었어.

아사히 ―!!

깨꼬닥...

팀의 승리... 부탁해...

번쩍

꺄앙

나한테 맡겨줘!

...알았어 아사히.

141

—자 이어 달리기 종반전!

와 와

각 팀 마지막 주자가 바톤을 받았습니다!

백팀이 조금 빠릅니다!

점점 따라잡습니다!

홍팀, 빠릅니다!

맡겨줘!

미안~!

히……

와— 와—

………

하지만 못 따라 잡나요—?!

힘내!
모미지~!!

…흡!!

부릅

우승은…
홍팀~!!

와
…!

골인!!

······!

잘 했어
모미지~!

열기에
취해서!

아···

NO!

지···
지금
땀투성
이야~!

아으으?!

···아

홍팀
사망자
2명

띠ㅡ잉···

···어라?

이것이
청춘이군요···

그래
그래

에···
에헤헤···

···후훗

마히로와 멋진 모습

야!

…초등학생으로 할 걸 그랬나.

중학교에 보호자가 가는 것도 좀…

나도 보러 가고 싶었지만

그나저나… 미하리가 안 와서 다행이다.

하아…

농담이야.

정말이지…

꺄욱?

…꺄욱

띠링

그런 꼴을 보기라도 하면…

그 사진 어디서…

오빠 치어리더였어?

헉

우와…

귀여워—!!

으가?!

보호자 네트워크.

사진 찍을게~

………

으엥~…

나도 직접 보고 싶었는데~

왜 우는데?!

뚝 뚝

흑… 흐윽~

ONIICHAN HA OSHIMAI!

오빠는 끝!

제70화

나뭇잎도
단풍이 들고…

완전히
가을이네

…맞다!
단풍 구경
가자!

와,
예쁘다.

살랑…

히-잉!

*단풍 사냥

(*주 : 일본에서는 단풍 구경을 단풍(모미지) 사냥이라고 합니다.)

제 70화 마히로와 가을 행락

좋지.
아는 사람은
아는 산책길
이야.

근처에
이런 데가
있었구나.

와~

왼쪽을 봐도
모미지

오른쪽을 봐도
단풍(모미지)

…어라?

조용…

모미지야
모미지!

이거 봐~
모미지!

후훗.

아사히랑 같은 수준…

…윽!!

모미지다 모미지

꺄악 꺄악

이미 실컷 들었어…

………

카에데야 카에데!

역시 자매 맞네…

(*주 : 모미지와 카에데 모두 우리말로 '단풍')

나뭇잎 얘기야!!

그… 그건 말로 하기 좀…

응…?

모미지랑 카에데 차이 알아?

그런데 마히로

154

헤~
그건 몰랐네.

카에데

모미지

사실
분류학에서는
둘 다
카에데지만…

나뭇잎 모양에
따라 이름이
다른 거래

우으!

그래,
그렇구나.

풍성한
모양이
카에데
구나

홍엽(紅葉)
이라고
하잖아.

그냥 빨갛게
물든 걸
모미지라고
부르기라도
한다지만.

······

그리고
별 같아서
귀엽고…!

모미지도
날씬하고
예쁘거든—!

쿠
앙

아, 빨개졌다.

그게 아니라~

귀여워, 귀여워.

으하?!

그래, 그래 모미지는 예뻐~

미안해, 이름 얘기는 그만 할게.

쿵 쿵

…이래서 단풍 구경이 싫다니까.

어머나.

뭐야~ 그런가~

부끄 부끄

!

그리고 모미지는 멋있는 쪽 이잖아!

찬성~

그럼 여기서 점심 먹을까.

아— 마침 벤치가 있네.

카에데가 만든 도시락~!

정말 호화롭다.

짠~ 가을 재료 음식입니다~!

와~~

하늘……

하늘 한 번 봐봐.

뭐야~ 먹을 것만 좋아하고.

맛있다.

157

바라락…

정취가
있지…

치유된다…

좋다…

오…
이거…

아…
마히로

머리에
단풍잎
붙었어.

…응?

토옥…

158

갑자기
미남
분위기!!

…귀여운데.

정말이지…

아까
복수다!

어머나~♥

언니들이랑
같이 갔어.

아니,
아니…

데이트!

둘이서
단풍 구경?

뭐어~

바보,
그걸 주워서
어쩔 건데.

주우러 가는 게
아니에요.

단풍잎
잔뜩
주웠어?

어,
그래?

단풍잎
튀김은
실제로
있어요.

차조기도
아니고.

따끈
따끈

음~
튀긴다
든지!

꺄악!!

아사히도 모미지(단풍잎) 먹고 싶다…

ズズズ…

오~ 좋겠다.

들은 적 있어~ 어딘가 명물이래.

호에?

조심해서 말해!

성적인 의미로…

모미지 모양…

모미지 모양 만쥬야.

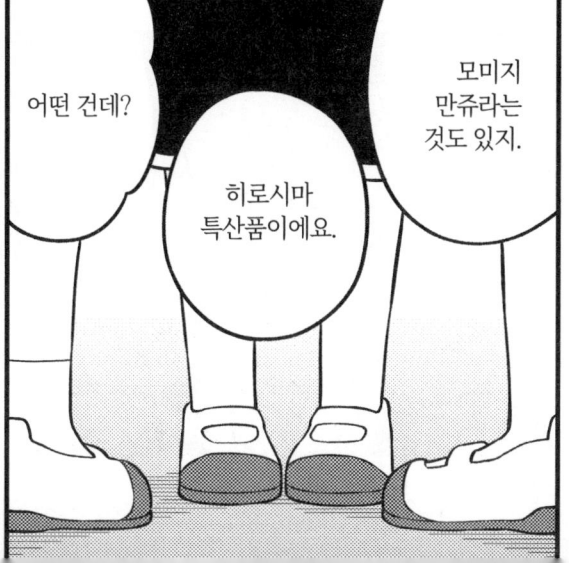

어떤 건데?

히로시마 특산품이에요.

모미지 만쥬라는 것도 있지.

모미지 만쥬

뭐야~
아까부터
헷갈리게.

아니,
그게
아니고.

꺄아아아

그건 좀
먹기
그렇다···

그만 좀
해!

모미지
이빨?

오빠···

나뭇잎은
「모미지
이파리」
라고 말해!

오빠는 끝! 7 —끝—

덤

마히로와 코스프레 이야기

그게, 생각해 보니까…

왜 그래 마히로.

으음…

으음…

권?

이번 권은 코스프레 요소가 많지?

유카타에 메이드에 치어 의상…

?!

아니, 오히려 부족해!

타악…

4차원의 벽이네.

만화?

이대로 가면 코스프레 만화가 되겠어!

조마 조마

?

■작가 후기

제7권을 구매해주셔서 감사합니다!

이번에는 반 친구들과 선생님 이야기도 다뤄봤습니다.
등장하는 캐릭터들을 모두 좋아해 주시면 기쁘겠습니다.

7권은 ^{일본한정} 특장판도 만들었습니다.
특장판에는 오리지널 만화 소책자가 포함됩니다.
동인지 기분으로 즐겁게 그렸으니 꼭 체크해보세요!
앤솔로지 3권도 같이 잘 부탁드리겠습니다.

자, 이 책이 나올 무렵에는 염원의 TV 애니메이션이 방송 중이겠죠.
움직이는 마히로와 친구들을 꼭 지켜봐 주세요.
굿즈도 이것저것 만들어 주신다니 기대됩니다.
더더욱 넓어지는 오빠는 끝 월드를 앞으로도 잘 부탁드립니다.

\ ONIMAI INFORMATION /

『오빠는 끝!』
드라마CD와 동인지도 판매중!

자세한 내용은
아래의 특설 페이지에서 체크!
http://grin.oops.jp/onimai

원작 LINE 스탬프
호평판매중!

오빠는 끝! ❼

펴 낸 날 2025년 11월 15일 초판 1쇄

지 은 이 네코토후
번   역 김정규

디 자 인 김애린, 백진화
편   집 김일철, 이은지
마 케 팅 이수빈
라 이 츠 선정우
디 지 털 김효준

펴 낸 이 원종우
펴 낸 곳 (주)블루픽
　　　　 주소 (13814) 경기도 과천시 뒷골로 26, 2층
　　　　 전화 02 6447 9000　팩스 02 6447 9009
　　　　 메일 edit@bluepic.kr　웹 http://bluepic.kr

I S B N 979-11-6769-416-4 07830

디-프래그! ①~⑰

하루노 토모야 ■ 국판 ■ 각권 7,000원

아직까지 이어지는 여름방학과 동거 생활!

드디어 새 학기 개막! 학교에서 보내는 일상이 돌아왔다 싶었더니 역시 거기에는
평소대로의 '비일상'이! 갑자기 교무실로 불려간 켄지의 눈앞에 선생님이 내민 종이는
학생회장 카라스야마 치토세의 진로희망 조사표. 치토세의 진로는 '퇴마사'라고?!
바보 같아 보이는 진로지만 사실 치토세의 숨겨진 마음이 담겨 있었는데…….
과거의 인연이 '사랑'으로 바뀌는?! 하이텐션 개그 제17권!!

이상적인 기둥서방 생활 ①~⑨

와타나베 츠네히코 원작/히노츠키 네코 그림 ■ 46판 ■ 각권 7,000원

프레야와 참석하는 푸죠르 장군의 결혼식

가질 변경백령에서 열리는 푸죠르 장군의 결혼식에 하객으로 참석하는 젠지로와
프레야의 접대역으로 임명한 사람은 가질 가문의 차녀 「니르다」라는 소녀였다.
하지만 변경백 집안에 차녀가 있다는 이야기는 금시초문. 과연 어떻게 된 일일까? 사태
파악을 위해 젠지로와 아우라가 동분서주하던 중, 결혼식 하객으로 참석한 이웃 나라
나바라 왕국의 기사가 외부인의 출입이 금지된 군사 구역에 들어가고 마는데….

고바야시네 메이드래곤 ①~⑭

쿨교신자 ■ 국판 ■ 각권 7,000원

밤늦게까지 일하고 왔을 때, 메이드가 있었으면 좋겠습니다.

고되고 고된 일을 끝내고 귀가하니 어느덧 밤이 되었습니다. 하지만 집에 돌아와도
돌아온 기분이 들지 않을 때가 많습니다. 이럴 때는 메이드가 있었으면 합니다.
그러던 어느 날, 냥줍도 아닌 용줍을 해버린 고바야시 씨에게 드래곤인 메이드 토르가
찾아왔습니다. 고바야시와 토르의 알콩♡ 달콩♡ 살벌(?)한 이야기가
지금 시작합니다!

고바야시네 메이드래곤 칸나의 일상 ①~⑧

쿨교신자 기무라 미츠히로 ■ 국판 ■ 각권 7,000원

학교에도 밖에도 "굉장해"가 가득해!

학교 생활에 익숙해진 칸나는 많은 학우들과 함께 즐거운 나날을 보냅니다.
그런 칸나를 독점하려는 사이카와의 기묘한 행보도 '사이카와'니까 라는 정도로
받아들여지기 시작합니다. 서로 웃고 떠들며 즐기면서 여러 가지를 배워가지만, 사실
굉장한 것들은 학교 밖에도 충분히 많다는 사실을 깨닫게 됩니다~!